Melvin
de PARIS

Avec son association La Mélodie des Quartiers, Jok'Air souhaite transmettre la confiance en soi, redonner le goût du livre et de la lecture aux jeunes.

Grâce aux nombreux partenaires qui ont rejoint le projet, des milliers d'autres livres pourront de nouveau être distribués gratuitement.

La mélodie des quartiers — offrir pour la culture · TF1 LE GROUPE · #STOPILLETTRISME Réseau d'entreprises solidaires · GROUPE ADP · snipes · L'ORÉAL PARIS · ALL PARISIAN Games · ACCOR · play two

Une idée originale de : Heureusement!

« À toi aussi qui es jeune, qui as été jeune et qui resteras jeune. »
CMB world.

Illustrations : Logann Kerouasse

Dans la magie du croisement et de la fusion des univers j'ai eu le plaisir de rencontrer Jok.

Je suis manager du Variétés Club de France, une formation atypique composée en grande majorité d'anciens internationaux et de personnalités diverses et variées au grand coeur.

Jok en est membre et nous fait régulièrement le plaisir de jouer avec excellence, en milieu de terrain, sous le mythique numéro 10.
Le sport réunit, créé des liens hors normes et forts.

Dans cette époque virtuelle, je suis touché, au travers de l'engagement artistique de Jok'Air, par sa poésie et ses actions en faveur de l'éveil et du réveil de la jeune génération quant au pouvoir des mots.
Comme MC Solaar, figure de proue d'un rap lettré et poétique, Jok attire, fédère et adoucit les mœurs. Merci à lui pour sa bonté et son bon goût, ... cf Franck Sinatra.

À très vite sur les terrains avec le VCF.

Jacques Vendroux

LES PERSONNAGES

Melvin

Melvin est un jeune garçon de la cité Chevaleret, située à Paris. Ce qu'il aime par-dessus tout, c'est faire rigoler son entourage. Intelligent et débrouillard, Melvin arrive toujours à se sortir de situations inattendues et il est apprécié de tous (ou presque).
Il n'a qu'un seul rêve dans la vie : devenir un grand artiste de la musique...

Comme Melvin le dit si bien « Ça n'existe pas d'être nul ».

Paul & Jules

Si Melvin est dans les parages, c'est que les jumeaux ne sont pas bien loin ! Ces deux garnements se complètent si bien qu'on a bien du mal à les différencier par moment.
Paul et Jules ne croient pas du tout aux rêves de Melvin.

Davidson, Dann & Maman Mado

À la maison, Melvin vit avec sa maman et ses deux frères.
Il y a Davidson, c'est le grand de la fratrie, l'homme de la maison ! Et surtout le responsable, donc celui qui prend pour les autres... Le petit dernier de la famille c'est Dann : il aime beaucoup sortir avec les plus grands mais les plus grands n'aiment pas sortir avec lui... Et le lui font bien comprendre...
Et bien sûr, nous avons maman Mado, qui travaille beaucoup pour s'occuper de ses trois garçons !

Marine la boulangère

Marine est la meilleure boulangère du monde et on ne dit pas ça uniquement pour ses pains aux chocolats : elle pousse Melvin à bien travailler pour atteindre ses rêves ! (et aussi à ne pas être en retard à l'école !!!!!)

Bouaké & Chakib

Bien qu'ils ne soient pas jumeaux, les deux sont aussi proches que Paul & Jules ! Très taquins, leurs blagues se terminent souvent en bagarre.

Baggy & la Voisine

Si tout le monde aime Melvin, il y en a bien un parfois jaloux de lui : Baggy. Toujours à l'affût des nouveautés musicales, il n'aime pas partager ses découvertes avec Melvin !
Quant à la voisine, elle n'apprécie personne !

L'épicier & Kady

Kady c'est le grand amour de Melvin. S'il pouvait lui chanter son amour tous les jours il le ferait ! Mais étrangement, il n'est plus si éloquent face à elle... Kady est la fille de l'épicier du coin dont le chouchou n'est autre que Melvin.

L'EPICIER
MAMAN MADO
LA VOISINE
JADE
MARINE LA BOULANGÈRE
GUILLAUME
SAMIRA
BAKARY
PAUL
RADOUANNE
CHICH
SEB
CHRIS
IB
THOMAS
ISMA
DAVIDSON
NABY
GAROU
ROMÉA
JON
ANOBLA
KADY
MELVIN (MOI)
ARTHUR
BAGGY
BAILEY
JULES
PAUL
LINEMA
LOGANN
YOUCEF
DANN
CHAKIB
BOUAKÉ

CATHERINE LABORDE

DANN LE SAUVEUR...

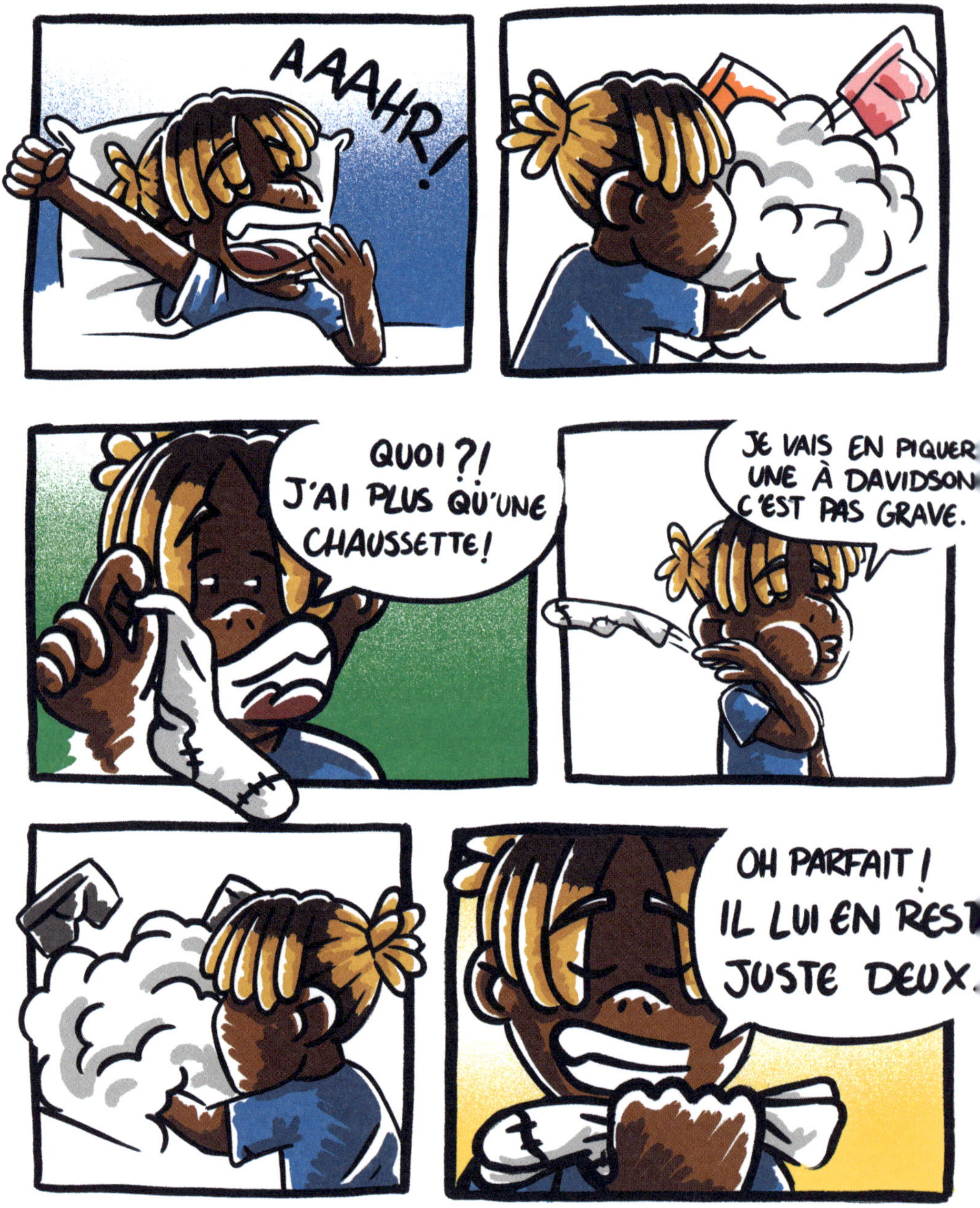

WESH ! ON M'A PRIS MES CHAUSSETTES !

T'INQUIÈTE DAVIDSON, J'EN AI MOI !

J'ÉSPÈRE QUE ÇA T'IRA, PARCE QUE T'AS DE CES PIEDS... WOOOAW...

T'AS LA RÉF ?

Quel est cet artiste considéré comme l'un des plus grands rappeurs ?

HALOUF*

*COCHON

POURQUOI ON FAIT ÇA ?

PENDANT QU'ON EST ENCORE CHAUD, CORDE À SAUTER !
SAUTER SUR PLACE ÇA SERT À RIEN ?!
DÉTROMPE-TOI, C'EST L'EXERCICE QUI FAIT TOUT TRAVAILLER !
snipes
DU CHE
POURQUOI FAIRE LA CHAISE ALORS QU'ON A LE SOL POUR S'ASSEOIR...
POUR AVOIR LES CUISSES DE KOLO TOURE.
ET POUR FINIR, IL FAUT BIEN S'ÉTIRER...
S'ÉTIRER POUR FAIRE QUOI ?
S'ÉTIRER POUR FAIRE COMME MICHAEL JACKSON !

J'AI GÉRÉ !

EH DANN, TATA HORTENSE DOIT BIENTÔT APPELER,
IL FAUDRA DIRE QUE JE NE SUIS PAS LÀ.
TU AS COMPRIS?
OUAIS! TU PEUX TOUJOURS COMPTER SUR MOI!
TU ES UN BON FILS.
20 MINUTES PLUS TARD.
DANN! DANN! LE TÉLÉPHONE!
ALLÔ, C'EST TATA HORTENSE
AH TATA! ÇA VA?
TA MAMA EST LÀ?
OUI ELLE M'A DIT DE DIRE QU'ELLE N'ÉTAIT PAS LÀ.
AH BON...
J'AI GÉRÉ! ON PEUT TOUJOURS COMPTER SUR DANN!

QUEL COMBAT !

ALLEZ PAUL, ALLEZ !
ATTAQUE !
OH...
DEPUIS LE DÉBUT JE SUIS DE TON COTÉ JULES !
OUAIS ÇA DOIT ÊTRE ÇA OUAIS...

T'AS LA RÉF ?

Quel est ce film ayant révolutionné le monde du cinéma ?

MATRIX

JUSTE DE L'ENVIE

SORTIR À PARIS

C'EST AQUABOULEVARD EN MIEUX!
WESH!...
DÉBLOQUE, ON N'A PAS ENCORE FAIT DE BÊTISES!

T'AS LA RÉF ?

Qui est ce boxeur qui a marqué l'histoire
par ses combats et prises de positions engagées ?

TOUT EST DANS LE MENTAL...
AUJOURD'HUI C'EST BOXE!
COMME LE DIT NABY, C'EST BOXE.
C'EST UN SPORT TRÈS IMPORTANT.
POUR VOS RÉFLEXES, TOUT EST DANS LE MENTAL.
VOUS ÊTES 4 C'EST PARFAIT!
CHOISISSEZ VOTRE ADVERSAIRE.
MOI JE ME METS AVEC ROMÉA!
DU COUP, JE SUIS AVEC JON.
C'EST GAGNÉ D'AVANCE!...
ELLE A MIS KO GAROU...

INSPIRE-TOI DES MEILLEURS

FOUETTE LE BALLON AU DERNIER INSTANT POUR LUI DONNER UN EFFET.
SWICH!

87
GYMNASE JEAN-JAURÈS
MERCI JORDAN.

MELVIN L'ARTISTE

VOILÀ!
5 MINUTES PLUS TARD
COMMENT ELLE A POUSSÉ VITE TA BARBE!
Collège Thoma

T'AS LA RÉF ?

Quelle est cette comédie qui fut aussi une série d'animation ?

THE MASK

PSCHIIIT !

EH LES PETITS, ALLEZ À L'ÉPICIERIE ME PRENDRE UNE CANETTE.
BONJOUR CHEF !
UNE CANETTE S'IL TE PLAIT !
MERCI LES BEAUX GOSSES, À BIENTÔT !
SALUT LES GARS VOUS ALLEZ BIEN ?
RUE DE PATAY
COUCOU KADY.
TIENS DAV.
AH ENFIN !
PSCHIIIT !
WESH...

LE CARBONE...

COUCOU MES COUSINS PRÉFÉRÉS!
SALUT ANOBLA...
COMMENT ÇA VA? ÇA FAIT TELLEMENT LONGTEMPS!
PRENONS LE MÉTRO, ON PARLERA À LA MAISON!
NON UN TAXI, T'AS BEAUCOUP TROP DE VALISES!
LE MÉTRO EST MOINS POLLUANT.
ÇA VA JE N'AI PAS TANT D'AFFAIRES QUE ÇA...
Gare de l'Est
03 MIN
ATTENTION À LA FERMETURE DES PORTES.
QU'EST CE QU'O
EST BIEN ICI!

Châtelet
▶01 MII
VOUS SAVIEZ QUE LA VOITURE ÉMET 250g DE DIOXYDE DE CARBONE PAR KILOMÈTRE. ET LE MÉTRO 43g !
J'ESPÈRE QUE PLUS TARD, DANS CETTE VILLE ON DÉCIDERA DE RÉDUIRE LES ROUTES ET AVOIR PLUS DE PISTES CYCLABLES !
ON N'EST MÊME PAS ENCORE ARRIVÉ, QU'ELLE NOUS CASSE DÉJÀ LA TÊTE !!
bliothèque François Mitterrand

T'AS LA RÉF?

Quelle est cette série qui nous a tant fait rire?

MA FAMILLE D'ABORD

MA SOIRÉE

CLAC!
MAMAN! MAMAN! DAVIDSON M'EMBÊTE ENCORE!
MAIS IL MENT!
C'EST VRAI! J'AI TOUT ENTENDU!
PAS CE SOIR LES ENFANTS S'IL VOUS PLAIT...
MAMAN A L'AIR VRAIMENT FATIGUÉE DE SON TRAVAIL...
VRAIMENT. C'EST MIEUX QUE L'ON RECOMMENCE NOTRE GUERRE DEMAIN.
BON BAH GO DANS LA CHAMBRE...
Star Academy
DANS UN INSTANT, LA STAR ACADEMY!
CE SOIR C'EST MON ÉMISSION! ILS N'ALLAIENT PAS GÂCHER MA SOIRÉE!

POINT CULTURE

ARTHUR COMMENCE PAS LAISSE LES GRANDS EXPLIQUER !
C'EST UN GROUPE DE...
4 ARTISTES !
SOPRANO, ALONZO, VINCENZO ET DJ SYA STYLES SONT ORIGINAIRES DES QUARTIERS NORD DE MARSEILLE.
...
CE PETIT BOURGEOIS JE VAIS LE...

MOI AUSSI !

TERRAIN DE SPORT STALINGRAD
C'EST BON VOUS AVEZ GAGNÉ...
MAIS N'OUBLIEZ PAS QUE VOUS ÊTES PLUS GRANDS QUE MOI AUSSI...
JE VOUS AVAIS DIT QUE BAKARY ET PAUL ALLAIENT VOUS EXPLOSER !
MAIS MOI JE PENSAIS QUE TU PARLAIS DU JUMEAU.
PAUL LE DINDIN* LÀ-BAS.
À QUAND UN TOURNOI, VOUS ÊTES ARCHI CHAUDS ?!
*GUIGNOL
ON VA FAIRE MIEUX !
QUAND ON SERA GRAND, AVEC PAUL, ON ORGANISERA NOS PROPRES TOURNOIS.
ÇA S'APPELLERA
ALL PARISIAN GAMES !

MOI QUAND JE SERAI GRAND, VOUS SAVEZ DÉJÀ, JE VEUX ÊTRE L'UN DES MEILLEURS ARTISTES DU MONDE!
MOI AUSSI!
JE RESTERAI PROCHE DE MELVIN POUR GÉRER SA MUSIQUE!
PAREIL!
JE POURRAIS FAIRE LES PRODS DE TES SONS!
MOI AUSSI COMME RÉMY!
MAIS GUILLAUME, J'AI L'IMPRESSION QUE TU VEUX TOUT FAIRE?
JE PEUX TOUT FAIRE EN MÊME TEMPS, TANT QUE ÇA RAPPORTE DE L'ARGENT!

T'AS LA RÉF ?

Quel est cet artiste peintre d'art contemporain qui a révolutionné le street art aux yeux du monde ?

JEAN-MICHEL BASQUIAT

LE SARBACANEUR SARBACANÉ

LE BADGE

JE VAIS FAIRE UNE SIESTE, PRENDS LE BADGE. CELUI QUI SONNE NE SORT PLUS.
ÇA MARCHE!
OH MON GHETTO, LA JALOUSIE D'TES TOURS DE BÉTON...
MZ-MA RUE
MELVIN! MELVIN!
T'AS LE BADGE?! J'AI TROP ENVIE D'ALLER AUX TOILETTES!
SONNE, MAMAN EST À LA MAISON.
RUE DU CHEVALERET
VITE! VITE!
DAVIDSON, TU SORS PLUS!
MAIS WESH

LA BRILLANTE IDÉE

T'AS LA RÉF?
Quel est ce jeux vidéo de combat?
K.O
STREET FIGHTER

KWEPS*!

*COIFFURE

SORTIR À PARIS

IL ENTEND RIEN, IL N'A PAS D'OREILLES. SOIS UN PEU OBSERVATEUR DANN !
AH J'AVOUE !
QUAND ON PREND L'AVION ÇA NOUS FAIT MAL AUX OREILLES, HEUREUSEMENT QUE LES OISEAUX N'ONT PAS D'OREILLES SINON EN VOL ILS AURAIENT TROP MAL !
T'ES UN MAÎTRE OISEAU TOI !
PREUVE EN IMAGE !
AAAHH !
OH DÉBLOQUE !
T'ES JALOUX DE MES OREILLES OU QUOI ?!

T'AS LA RÉF ?

Qui sont ces deux grandes légendes de la musique (qui ont tous deux joué dans le film « Roméo doit mourir ») ?

AALIYAH & DMX

EH OH !
L'AVION DE TATA ARRIVE DANS 5 MINUTES, NE BOUGEZ PAS.
VOUS PRENDREZ SES VALISES.
OH IL EST TROP BEAU CET AVION !
C'EST UN AVION COMME LES AUTRES...
ILS SONT PASSÉS OÙ ENCORE ?!
5 MINUTES PLUS TARD...
EH OH !
DANN !
MELVIN ?!
15 MINUTES PLUS TARD...
LE JEUNE "DAVIDSON" EST ATTENDU À L'ACCUEIL MERCI.
TU VAS PRENDRE TOUTES LES VALISES DE TATA, ET LA PROCHAINE FOIS TU RESTERAS À TA PLACE.
GROUPE ADP

SALPÊTRIÈRE

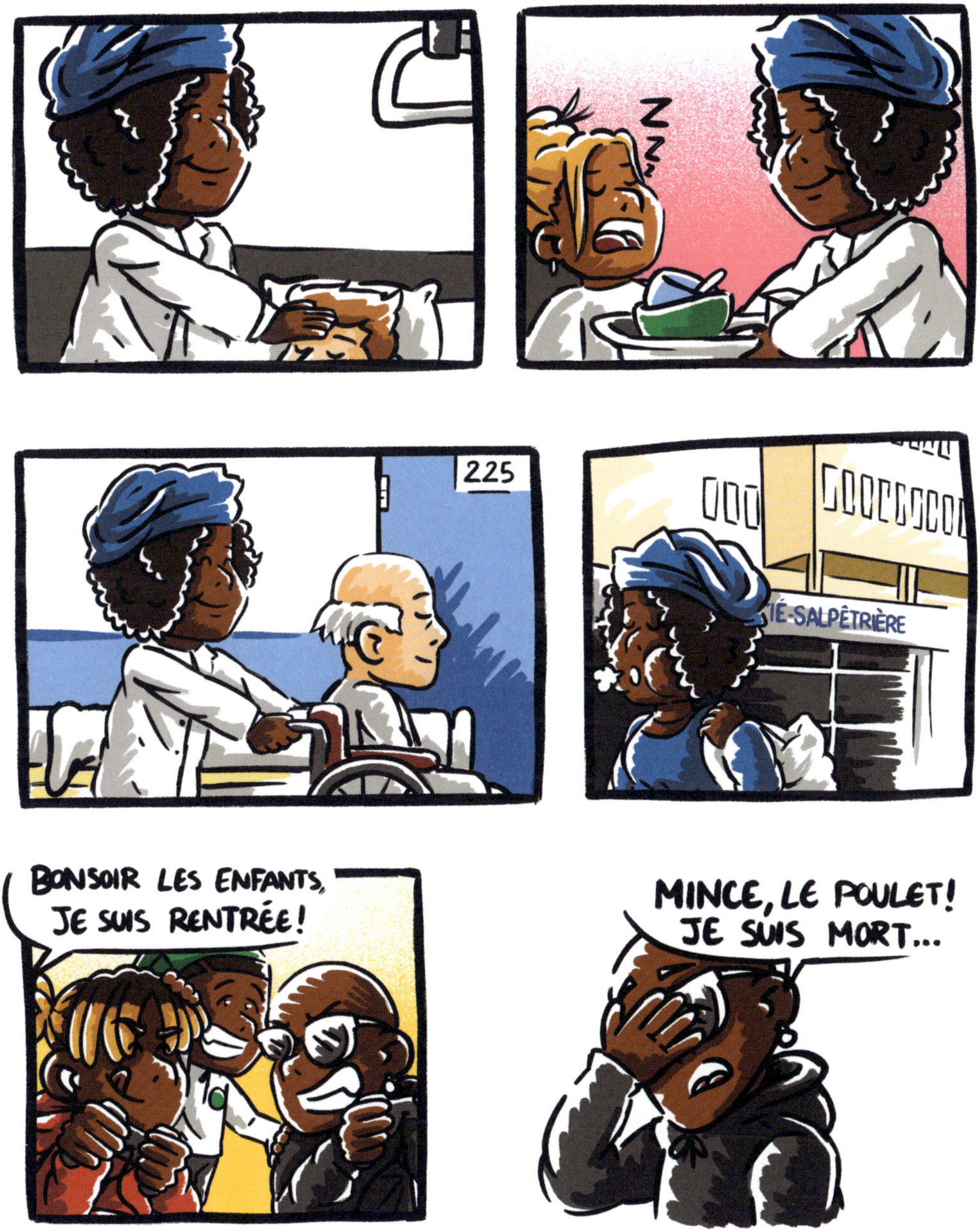
ZZZ
225
IÉ-SALPÊTRIÈRE
BONSOIR LES ENFANTS, JE SUIS RENTRÉE !
MINCE, LE POULET ! JE SUIS MORT...

T'AS LA RÉF ?

Quel est ce joueur de basket connu pour son style démarqué ?

TROP MALIN!

J'ÉCRIS MES COUPLETS ET J'TRAVAILLE MES REFRAINS J'RAPPE POUR LES MIENS, POUR METTRE FIN À MA FAIM
- PÂTES
- RIZ
AUCE TOMATE
FARINE
OEUFS
RDV
♪MZ - TOURNE AUTOUR
EH LES GARS VOUS VOULEZ MANGER QUOI CETTE SEMAINE ?!!
QUE DES BONBONS !!
DES CHIPS !
DES FRITES !
DES COOKIES !
ILS ONT VOULU CHANGER MA LISTE... ON VA VOIR QUI EST LE PLUS MALIN !
DES ÉPINARDS ?...
DU CHOU-FLEUR...
LES PÂTES ET LE RIZ C'ÉTAIT BIEN FINALEMENT...

PERDU !

ET SI ON FAISAIT UN NI OUI NI NON LES GARS ?!
VIVE LE GANG OUAIS OUAIS♪
APRÈS ON FAIT MON JEU !
TROP FACILE !
VAZY CHAUD !
JE COMMENCE !
DAVIDSON C'EST BON TU AS TROUVÉ DES CHAUSSETTES POUR AUJOURD'HUI ?
BAH OUAIS !
JE SAVAIS QUE C'ÉTAIT TOI ! JE VAIS TE... !
ALLEZ HOP T'AS PERDU !
CHAKIB ON SAIT TOUJOURS PAS QUI EST LE PLUS FORT ENTRE TOI ET BOUAKÉ ?
T'ES SERIEUX WILLIAM ? OUI, JE SUIS LE PLUS FORT ! JE SUIS ALGÉRIEN QUAND MÊME.
PERDU ! T'AS DIT OUI !
DEHORS LES PETITS !

EN VRAI JE PENSE QUE JE PEUX AMENER QUELQUE CHOSE DE NOUVEAU DANS LA MUSIQUE.
TSUKI!
NAN MAIS TOI AUSSI TU CROIS À ÇA?!
OUI! ÇA MARCHERA JAMAIS!
AHAH! ÇA A MARCHÉ!
PERDU!
LINEMA, JE SENS QUE JE VAIS ENCORE GAGNER. COMME À TOUS LES JEUX...
GAROU T'ES SÛR? MÊME À LA BOXE?
OUAIS!
GAROU PERDU!
ET TOI BAGGY ON M'A DIT QUE T'ETAIS CHAUD AU BASKET!
ÇA TE DIT UN MATCH?
OUAIS QUAND TU VEUX JEY!
T'ES GUEZ*!
*NUL
BON, IL RESTE PLUS QUE NOUS.
ENTRE PASSIONNÉS ET SI ON FAISAIT DU SON?!
CHAUD! APRÈS ON FAIT MON JEU.
GRAVE!
MMM... Y'A UN DÉLIRE...
ÇA VA ÊTRE LOOOURD!

T'AS LA RÉF ?

Qui sont ces artistes (considérés comme père et fils) ayant révolutionné le monde du rap ?

LIL WAYNE & BIRDMAN

MELVIN!
GARDE LA TÊTE-HAUTE ♪
♪ JOK'AIR -
MELVIN!
MELVIN!
T'ES ENCORE DANS TES RÊVES.
C'EST IMPORTANT DE RÊVER ET DE CROIRE EN SOI, MAIS LÀ C'EST L'HEURE DES COURS.
YOUCEF, TOI AUSSI VA AVEC MELVIN.
BONNE JOURNÉE, BON COURAGE MARINE!
SALUT MAMAN!
ET MERCI POUR LES PAINS AU CHOCOLAT!

C'EST L'HEURE DES MINI-JEUX !!!

LES 7 DIFFÉRENCES

RÉSOUS CES PROBLÈMES

CORRECTION PAGE SUIVANTE

RETROUVE MELVIN

CORRECTION

RÉSOUS CES PROBLÈMES

$(5 \times 5) + 5 = 30$

$(3 + 3) + 3 = 9$

$(14 - 5) + 5 = 14$

$(5 \times 3) - 14 = \underline{1}$

$(20 - 20) + 20 = 20$

$(20 \times 20) + 4 = 404$

$(7 \times 20) - 4 = 136$

$(7 \times 20) \div 4$

$= \underline{35}$

Catalogue

H
Heureusement !

2023, éditions HEUREUSEMENT!
Imprimé en Europe.

 Loi n°49-956 u 16 juillet 1949 sur les publications destinées à la jeunesse, modifiée par la loi n°2011-525 du 17 mai 2011. Dépôt légal : Mars 2023.

Suivez nous sur :
Instagram : @MelvindeParis
Facebook : Heureusement
Internet : www.heureusementparis.com

FSC
www.fsc.org
MIXTE
Issu de sources responsables
FSC® C158978

ACCES